맞춤법사전

1판 1쇄 인쇄 2024년 7월 10일
1판 1쇄 발행 2024년 7월 30일
발행처 (주) 서울문화사 ㅣ **발행인** 심정섭
글 오영인 ㅣ **편집인** 안예남 ㅣ **편집팀장** 최영미
편집 허가영, 한나래 ㅣ **브랜드마케팅** 김지선, 하서빈
출판마케팅 홍성현, 김호현 ㅣ **제작** 정수호
출판등록일 1988년 2월 16일 ㅣ **출판등록번호** 제2-484
주소 서울시 용산구 새창로 221-19
전화 02)791-0708(판매), 02)799-9186(편집)
디자인 이혜원 ㅣ **인쇄** 에스엠그린
ISBN 979-11-6923-937-0
　　　 979-11-6923-823-6(세트)

낫다
vs
낳다

꼬리별

케이크 O
케익 X

산리오캐릭터즈
맞춤법사전

어휘력 쑥쑥!
낱말
208개

가온

서울문화사

캐릭터 소개

♦ 헬로키티 ♦ ✖

- ❤ **생일:** 11월 1일
- ❤ **태어난 곳:** 영국 교외
- ❤ **키:** 사과 5개
- ❤ **좋아하는 음식:** 엄마가 만들어 준 애플파이
- ❤ **좋아하는 것:** 피아노 연주, 쿠키 만들기

♦ 마이멜로디 ♦ ✖

- ❤ **생일:** 1월 18일
- ❤ **태어난 곳:** 마리랜드에 있는 숲
- ❤ **키:** 숲에 있는 빨갛고 하얀 물방울 모양의 버섯과 비슷한 정도
- ❤ **취미:** 엄마와 함께 쿠키 굽기
- ❤ **좋아하는 음식:** 아몬드 파운드케이크

❤ 쿠로미 ❤ ❌

- ♥ **생일:** 10월 31일
- ♥ **매력 포인트:** 검은색 두건과 핑크색 해골
- ♥ **취미:** 일기 쓰기
- ♥ **좋아하는 색:** 검은색
- ♥ **좋아하는 음식:** 락교

❤ 시나모롤 ❤

- ♥ **생일:** 3월 6일
- ♥ **사는 곳:** 수크레 타운에 있는 '카페 시나몬'
- ♥ **특기:** 큰 귀로 하늘을 나는 것
- ♥ **취미:** 카페 테라스에서 낮잠 자기
- ♥ **좋아하는 것:** '카페 시나몬'의 유명한 시나몬롤, 코코아

♥ 폼폼푸린 ♥ ❌

- ♥ **생일:** 4월 16일
- ♥ **사는 곳:** 주인 누나 집 현관에 있는 푸린용 바구니
- ♥ **취미:** 신발 모으기
- ♥ **특기:** 낮잠, 누구든지 친해지는 것
- ♥ **좋아하는 음식:** 우유, 푹신푹신한 것,
  엄마가 만들어 주는 푸딩

♥ 포차코 ♥ ❌

- ♥ **생일:** 2월 29일
- ♥ **매력 포인트:** 아기 똥배
- ♥ **키:** 바나나 아이스크림
  라지 사이즈 컵 4개 정도
- ♥ **취미:** 걷기, 놀기
- ♥ **좋아하는 음식:** 바나나 아이스크림

이 책의 구성

본문 구성

1. 5개의 다양한 주제로 나누었어요.

2. 헷갈리는 맞춤법을 알려 줘요.

4. 낱말을 따라 쓰면서 쉽게 익혀요.

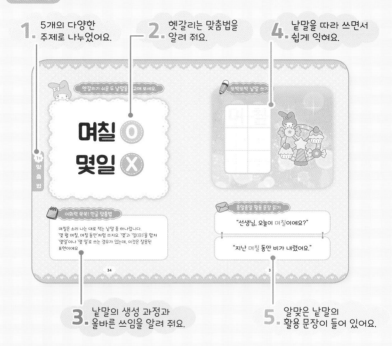

헷갈리기 쉬운 두 낱말을 비교해 보세요.

며칠 ⭕
몇일 ❌

1단계 맞춤법

똑딱똑딱 낱말 쓰기

어휘력 쑥쑥! 한글 맞춤법

며칠은 소리 나는 대로 적는 낱말 중 하나랍니다. '몇 월 며칠, 며칠 동안'처럼 쓰지요 '몇'과 '일(日)'을 합쳐 '몇일'이나 '몇 일'로 쓰는 경우가 있는데, 이것은 잘못된 표현이에요.

종알종알 활용 문장 읽기

"선생님, 오늘이 며칠이에요?"

"지난 며칠 동안 비가 내렸어요."

34

3

3. 낱말의 생성 과정과 올바른 쓰임을 알려 줘요.

5. 알맞은 낱말의 활용 문장이 들어 있어요.

부록 구성

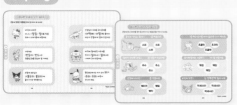

6. 알쏭달쏭 맞춤법, 올바른 맞춤법 찾기 놀이터 등을 통해서 일상에서 자주 사용하는 낱말을 알아봐요.

7. '가나다' 순으로 찾아보기를 보고 궁금한 낱말을 찾아서 공부해요.

차례

설거지
설겆이

찌개
찌게

베개
배개

왠지
웬지

1장

알쏭달쏭
헷갈리는
맞춤법

웃어른
⋮
윗어른

송곳니
⋮
송곳이

헷갈리기 쉬운 두 낱말을 비교해 보세요.

설거지 Ⓞ
설겆이 Ⓧ

어휘력 쑥쑥! 한글 맞춤법

설거지는 음식을 먹은 뒤 그릇을 씻어 정리하는 일을 말해요.
예전에는 '설겆다'라는 말에서 나온 설겆이를 사용했어요.
하지만 '설겆다'가 '설거지하다'라는 *표준어로 바뀌면서
설거지가 되었지요.

*표준어: 한 나라에서 전 국민이 공통적으로 쓰기로 정한 말.

또박또박 낱말 쓰기

설거지

종알종알 활용 문장 읽기

"나는 빵을 다 먹고 설거지를 했어요."

"설거지할 그릇이 많이 쌓여 있어요."

찌개 O

찌게 X

어휘력 쑥쑥! 한글 맞춤법

찌개는 냄비 같은 그릇에 국물과 채소, 고기 등을 넣고,
여러 가지 양념을 넣어 끓인 음식이에요.
모음 'ㅐ'와 'ㅔ'의 발음이 비슷해서 잘못 쓰는 경우가 많은데
'찌개'가 올바른 표현이에요.

종알종알 활용 문장 읽기

"맛있는 찌개가 보글보글 끓고 있어요."

"된장찌개에 밥을 비벼 먹어요."

13

베개 O

배게 X

어휘력 쑥쑥! 한글 맞춤법

베개는 잠을 자거나 누울 때 머리를 받치는 물건을 말해요.
베개의 '베'는 '누울 때 머리 아래를 받치다'라는 뜻의
'베다'에서 나왔고, 여기에 '그런 행동을 하는 간단한
도구'라는 뜻의 '개'가 더해져 만들어진 낱말이에요.

베 개

종알종알 활용 문장 읽기

"내 베개에는 별이 그려져 있어요."

"푹신한 베개를 베면 잠이 솔솔 와요."

왠지 ⓞ

웬지 ⊗

어휘력 쑥쑥! 한글 맞춤법

왠지는 '왜인지'를 줄인 표현으로, '왜 그런지 모르게'
또는 '뚜렷한 이유도 없이'라는 뜻이에요. '왠'은
'왠지'일 때만 사용하고 웬일, 웬걸, 웬 걱정, 웬만큼 등
나머지는 모두 '웬'으로 사용해요.

종알종알 활용 문장 읽기

"오늘은 왠지 피자가 먹고 싶어요."

"이번 시험은 왠지 잘 볼 것 같아요."

송곳니 O

송곳이 X

어휘력 쑥쑥! 한글 맞춤법

송곳니는 앞니와 어금니 사이에 있는 뾰족한 이를 말해요.
뾰족한 도구인 '송곳'과 치아를 뜻하는 '이'가 합쳐진
합성어지요. 낱말을 읽을 때 '이'가 '니'로 발음되기
때문에 소리 나는 대로 표기하기로 했어요.

송곳니

"언니는 송곳니가 아파서 치과에 갔어요."

"개가 송곳니를 보이며 으르렁거려요."

웃어른 ⭕

윗어른 ❌

어휘력 쑥쑥! 한글 맞춤법

윗니, 아랫니처럼 위-아래 반대되는 말이 있을 때는
'윗'을 사용해요. 하지만 위-아래 반대되는 말이 없을 때는
'웃'으로 사용하지요. '아래어른'이라는 말이 없기 때문에
'웃어른'이 올바른 표현이에요.

종알종알 활용 문장 읽기

"웃어른의 말씀을 잘 들어야 해요."

"집안의 웃어른께 바르게 인사해요."

개구쟁이 ⭕

개구장이 ❌

어휘력 쑥쑥! 한글 맞춤법

'~장이'는 기구를 만드는 대장장이, 양복을 만드는
양복장이처럼 '어떤 분야의 기술자'를 뜻해요.
'~쟁이'는 개구쟁이, 멋쟁이, 고집쟁이처럼
'어떤 특징을 많이 가진 사람'을 가리킬 때 사용하지요.

개구쟁이

종알종알 활용 문장 읽기

"우리 반 친구들은 개구쟁이예요."

"개구쟁이 내 동생은 정말 귀여워요."

개수 ⭕

갯수 ❌

 어휘력 쑥쑥! 한글 맞춤법

개수(個數)는 한 개씩 셀 수 있는 물건의 수를 말해요.
두 개의 한자로 이루어진 한자어로, 이처럼 두 한자
사이에는 'ㅅ(사이시옷)'을 받침으로 쓰지 않지요. 그런데
'숫자, 횟수, 곳간, 셋방, 찻간, 툇간'만 예외로 'ㅅ'을 붙여요.

"퍼즐 조각의 개수를 알고 싶어요."

"딸기의 개수가 정말 많아요."

헷갈리기 쉬운 두 낱말을 비교해 보세요.

거야 ⭕

1장 맞춤법

꺼야 ❌

어휘력 쑥쑥! 한글 맞춤법

'거야'는 '것이야'를 구어적으로 표현한 말이에요. 구어는
우리가 일상적인 대화 속에서 사용하는 입말을 뜻하지요.
'꺼야'라고 발음되기 때문에 헷갈릴 수 있지만,
'거야'가 올바른 표현이에요.

거야

종알종알 활용 문장 읽기

"친구와 같이 놀면 재미있을 거야."

"올해는 좋은 일만 생길 거야."

곰곰이 Ⓞ

곰곰히 Ⓧ

어휘력 쑥쑥! 한글 맞춤법

'곰곰이'와 '곰곰히', '조용이'와 '조용히' 둘 중 무엇이 맞는지 헷갈린다면 낱말 뒤에 '~하다'를 붙여요. '곰곰하다'라는 말이 없으니 '곰곰이'가 맞고, '조용하다'라는 말은 있으니 '조용히'가 맞아요. '곰곰이'는 깊이 생각하는 모양을 뜻해요.

종알종알 활용 문장 읽기

"어제 일을 곰곰이 생각했어요."

"선생님 말씀을 곰곰이 되새겼어요."

깨끗이 ⓞ
깨끗히 ⓧ

1장 맞춤법

어휘력 쑥쑥! 한글 맞춤법

'이'와 '히' 중에서 고민될 때는 낱말 뒤에 '~하다'를 붙이면
알 수 있다고 했어요.
그런데 '깨끗하다'처럼 '~하다' 앞에 'ㅅ' 받침이 있을 때는
'이'를 붙이는 경우도 있으니 주의해야 해요.

깨끗이

"몸을 비누로 깨끗이 씻었어요."

"책상을 깨끗이 정리했어요."

헷갈리기 쉬운 두 낱말을 비교해 보세요.

등굣길 ⭕

등교길 ❌

어휘력 쑥쑥! 한글 맞춤법

등굣길은 한자어인 '등교(登校)'와 우리말인 '길'이 합쳐진
낱말로, 학교로 가는 길을 말해요. '길'이 '낄'로 발음되어
'ㅅ(사이시옷)'을 넣어 적어야 하지요. 만둣국(만두꾹),
하굣길(하교낄)도 같은 이유로 'ㅅ'을 넣어 적어요.

✏️ 또박또박 낱말 쓰기

등	굣	길

✉️ 종알종알 활용 문장 읽기

"등굣길에 친구를 만나면 기분이 좋아요."

"문구점은 등굣길에 있어요."

며칠 ⓞ

몇일 Ⓧ

 어휘력 쑥쑥! 한글 맞춤법

며칠은 소리 나는 대로 적는 낱말 중 하나랍니다.
'몇 월 며칠, 며칠 동안'처럼 쓰지요. '몇'과 '일(日)'을 합쳐
'몇일'이나 '몇 일'로 쓰는 경우가 있는데, 이것은 잘못된
표현이에요.

"선생님, 오늘이 며칠이에요?"

"지난 며칠 동안 비가 내렸어요."

오랜만 ⃝

오랫만 ✕

어휘력 쑥쑥! 한글 맞춤법

오랜만은 어떤 일이 일어난 때로부터 긴 시간이 지난
뒤라는 뜻이에요. '오래간만'이 줄어든 낱말이기 때문에
'오랫만'이라고 쓰면 안 돼요. 오랜만과 비슷한 의미로
'오랫동안'이라는 낱말이 있어요.

오 랜 만

종알종알 활용 문장 읽기

"오랜만에 놀이공원에 갔어요."

"친구를 오랜만에 만나서 반가웠어요."

빨간색 O
빨강색 X

1장
맞
춤
법

어휘력 쑥쑥! 한글 맞춤법

빨강은 빨간 빛깔이라는 뜻이에요. 낱말 안에 이미
'색(빛깔)'이라는 뜻이 들어 있기 때문에 '색'을 붙이지
않지요. 그래서 '빨간색' 또는 '빨강'이 바른 표현이에요.
하지만 초록, 보라, 주황은 뒤에 '색'을 붙여 사용해요.

빨간색

"빨간색 색연필로 동그라미를 그려요."

"사과 그림을 빨간색으로 색칠해요."

역할 O

역활 X

1장
맞
춤
법

어휘력 쑥쑥! 한글 맞춤법

한자어인 역할(役割)은 자신에게 맡겨진 책임이나 일
또는 영화나 연극 등에서 맡은 배역을 말해요. '여칼'이라고
발음하지요. '역활'로 말하거나 쓰는 것은 잘못된 표현이니
주의해야 해요.

종알종알 활용 문장 읽기

"회장의 역할이 정말 중요해요."

"준영이는 연극에서 아빠 역할이에요."

간질이다 ⓞ
간지르다 ⓧ

 어휘력 쑥쑥! 한글 맞춤법

간질이다는 남을 간지럽게 하는 것을 말해요.
'간질여, 간질이고, 간질이니' 등으로 활용하지요.
같은 뜻으로 '간지럽히다'가 있어요. '간지르다'는
'간질이다'의 발음을 잘못 표현한 것으로, 없는 말이에요.

간질이다

종알종알 활용 문장 읽기

"동생이 발을 간질여서 웃어 버렸어요."

"아빠가 나를 간질이며 장난을 쳤어요."

1장
맞
춤
법

금세 ⭕

금새 ❌

어휘력 쑥쑥! 한글 맞춤법

금세는 '금시에'가 줄어든 낱말로, '지금 바로'라는 뜻이에요.
'금시(今時)'라는 한자어와 '~에'가 합쳐진 말이지요.
'금세'와 '금새' 중 어느 것이 맞는지 헷갈릴 때는
'금시에'를 떠올려 보세요.

금	세

종알종알 활용 문장 읽기

"약을 먹으니까 아픈 것이 금세 나았어요."

"책을 읽다 금세 잠이 들었어요."

바람 O
바램 X

어휘력 쑥쑥! 한글 맞춤법

어떤 일이 이루어지기를 기다리는 간절한 마음을
'바람'이라고 해요. '바라다'에서 온 말이므로 '바람'으로
써야 하지요. '바램'은 볕이나 습기 등으로 색이 변한다는
뜻의 '바래다'에서 온 말이기 때문에 전혀 다른 뜻이에요.

종알종알 활용 문장 읽기

"친구의 감기가 빨리 낫기를 바라요."

"우리의 바람이 이루어졌어요."

봬요 O

뵈요 X

어휘력 쑥쑥! 한글 맞춤법

봬요는 '웃어른에게 나를 보인다'라는 뜻의 '뵈다'에서
온 말이에요. '뵈다'는 '뵈어, 뵈니' 등으로 활용하는데,
여기에 '~요'를 붙여 말해요. 그래서 '뵈어요'라고 쓰거나
줄어든 말인 '봬요'라고 쓰는 것이 올바른 표현이에요.

"내일 1시에 약속 장소에서 봐요!"

"할머니를 너무 오랜만에 봤어요."

1장 맞춤법

안팎 ⭕
안밖 ❌

어휘력 쑥쑥! 한글 맞춤법

안팎은 사물이나 영역의 안과 밖을 뜻해요. 또 수를
나타내는 말 뒤에 붙여서 어떤 기준에 조금 모자라거나
넘치는 정도를 나타내기도 하지요. '안'과 '밖'이 합쳐져
만들어진 말이지만, '안밖'이 아니라 '안팎'이라고 써요.

안팎

"교실 안팎을 깨끗이 청소해요."

"내 친구는 열 명 안팎이에요."

아지랑이 O
아지랭이 X

어휘력 쑥쑥! 한글 맞춤법

아지랑이는 주로 봄날 햇빛이 강하게 비칠 때 공기가
공중에서 아른아른 움직이는 현상을 말해요. '아지랑이'가
표준어이고 '아지랭이'는 잘못된 표현이므로, '랑'을 '랭'으로
발음하거나 쓰지 않도록 주의해야 한답니다.

아지랑이

✉️ 종알종알 활용 문장 읽기

"도로에서 아지랑이가 피어올라요."

"아지랑이 때문에 길이 흔들려 보여요."

오뚝이 ⃝

오뚜기 ✕

 어휘력 쑥쑥! 한글 맞춤법

오뚝은 갑자기 발딱 일어서는 모양이나, 작은 물건이
높이 솟아 있는 모양을 나타내는 말이에요. '오똑'과
'오뚝' 중에 '오뚝'으로 소리가 굳어져 사용되고 있기 때문에
'오뚝이 장난감', '코가 오뚝하다'라고 써야 해요.

또박또박 낱말 쓰기

오 뚝 이

종알종알 활용 문장 읽기

"넘어져도 오뚝이처럼 다시 일어서요."

"누나는 눈이 크고 코가 오뚝해요."

트림 ⭕
트름 ❌

어휘력 쑥쑥! 한글 맞춤법

트림은 먹은 음식이 위에서 잘 소화되지 않아 생긴
가스가 입으로 나오는 것을 말해요.
'트름'이라고 발음하고 쓰는 것은 잘못된 표현이므로,
잘못 사용하지 않도록 주의해야 해요.

종알종알 활용 문장 읽기

"탄산음료를 마시면 트림이 나와요."

"트림을 하면 속이 시원해져요."

넝쿨 ⭕

덩쿨 ❌

어휘력 쑥쑥! 한글 맞춤법

넝쿨은 길게 뻗으며 자라는데, 다른 물건을 감거나
땅바닥에 퍼지는 식물의 줄기를 말해요. 같은 뜻을 가진
'덩굴'도 표준어로 함께 사용하지요.
다만 '덩쿨'은 잘못된 말이므로 사용하면 안 돼요.

또박또박 낱말 쓰기

종알종알 활용 문장 읽기

"포도 넝쿨이 담장을 따라 뻗었어요."

"호박 넝쿨에 작은 호박이 달렸어요."

한∨움큼 ⭕

한∨웅큼 ❌

어휘력 쑥쑥! 한글 맞춤법

움큼은 손으로 한 줌 움켜쥘 만한 분량을 세는 단위예요.
손으로 물건 등을 힘 있게 잡는다는 뜻을 가진 '움키다'에서
온 말이지요.
'움'을 '웅'으로 발음하거나 쓰는 것은 잘못된 표현이에요.

종알종알 활용 문장 읽기

"엄마가 젤리를 한 움큼 집어 주셨어요."

"손으로 연필을 한 움큼 쥐었어요."

연예인 ⓞ
연애인 ⓧ

어휘력 쑥쑥! 한글 맞춤법

사람들에게 춤, 음악, 연기 등을 보여 주는 공연 또는
이런 재주를 '연예'라고 해요. '연예인'은 그런 일을 하는
배우나 가수를 말하지요. '연애'는 서로 좋아해 사귄다는
뜻이므로 '연애인'으로 쓰는 것은 잘못된 표현이에요.

 종알종알 활용 문장 읽기

"나는 커서 멋진 연예인이 되고 싶어요."

"연예인을 보려고 팬들이 모였어요."

1장
맞
춤
법

해님 ◯
햇님 ✕

어휘력 쑥쑥! 한글 맞춤법

해님은 해를 사람처럼 다정하게 부르거나 높여 부르는
말이에요. 달님, 임금님처럼 앞말에 '님'이 붙어서
만들어졌지요. '핸님'으로 발음하는 경우가 많아 '햇님'으로
잘못 쓸 수 있지만, '해님'이 올바른 표현이에요.

해님

종알종알 활용 문장 읽기

"해님이 방긋방긋 웃어요."

"해님이 동쪽에서 뜨고 있어요."

어이없다 ⭕

어의없다 ❌

어휘력 쑥쑥! 한글 맞춤법

어이없다는 미처 생각하지 못한 일이 벌어져서
황당하다는 뜻이에요. '어처구니없다'와 같은 뜻이지요.
'어의'는 궁궐에서 임금이나 왕족을 치료하던 의원이에요.
그래서 '어의없다'는 잘못된 표현이랍니다.

어	이	없	다

종알종알 활용 문장 읽기

"방심하다 어이없게 지고 말았어요."

"형의 어이없는 말에 화가 났어요."

아니에요 ⓞ
아니예요 ⓧ

1장
맞
춤
법

어휘력 쑥쑥! 한글 맞춤법

아니에요는 '아니다'의 '아니'에 '~에요'가 연결되어
어떤 사실이나 내용을 부정할 때 써요. '아니예요'의
'예요'는 '~이에요'가 줄어든 말로, 풀어 쓰면 '아니이에요'가
되기 때문에 잘못된 표현이지요.

종알종알 활용 문장 읽기

"이건 내 책이 아니에요."

"틀리는 건 절대 부끄러운 게 아니에요."

굳이 O
구지 X

'단단한 마음으로 굳게' 또는 '고집을 부려 일부러'라는 뜻을 가진 '굳이'는 말할 때 '구지'라고 발음되지만 '굳이'라고 써요.

1장
맞
춤
법

얼마큼 O
얼만큼 X

수량이나 수준이 어느 정도인지 묻는 '얼마큼'은 '얼마만큼'이 줄어든 말이기 때문에 '얼만큼'이 아니라 '얼마큼'으로 써야 해요.

아기 ⃝
애기 ✕

'젖을 먹일 정도의 어린아이',
'짐승의 작은 새끼나 어린
식물'을 귀엽게 부를 때 쓰는
'아기'는 '애기'와 발음이
비슷하지만 '아기'로 쓰지요.

뭉개다 ⃝
뭉게다 ✕

'앞으로 나아가지 못하고
한자리에 미적거리다'
또는 '모양이 변하도록
문지르다'라는 뜻의 '뭉개다'는
'ㅔ'가 아닌 'ㅐ'로 써요.

71

그림자 놀이터

산리오캐릭터즈의 그림자를 잘 보고 같은 모습을 찾아 동그라미 하세요.

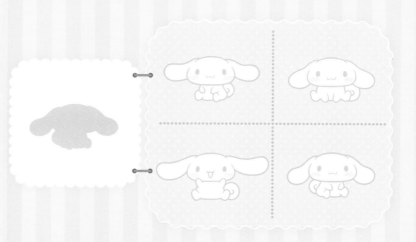

*정답은 235쪽에!

73

껍질
┊
껍데기

반드시
┊
반듯이

가르치다
┊
가리키다

낫다
┊
낳다

2장

와글와글
비슷하지만 다른
맞춤법

맞추다
ᐧ
맞히다

다르다
ᐧ
틀리다

비슷하지만 다른 두 낱말을 비교해 보세요.

껍질

VS

껍데기

껍질

말랑말랑한 귤 껍질,
바나나 껍질처럼 물체의
겉을 싸고 있는 물질이
단단하지 않은 것을 말해요.

껍데기

딱딱한 달걀 껍데기,
조개껍데기처럼 물체의
겉을 싸고 있는 물질이
단단한 것을 말해요.

또박또박 낱말 쓰기

껍질

껍데기

종알종알 활용 문장 읽기

껍질	"오빠는 사과 껍질을 한 번에 깎아요."
껍데기	"조개껍데기를 귀에 대면 파도 소리가 들려요."

가르치다

VS

가리키다

가르치다

'공부를 가르치다'처럼 모르는 내용을 깨닫게 하거나 알려 주는 것을 말해요.

가리키다

손가락 등으로 어떤 방향이나 대상을 집어 보이거나 말하거나 알리는 것을 말해요.

가르치다

가리키다

종알종알 활용 문장 읽기

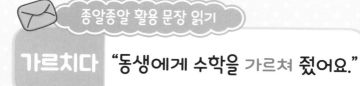

가르치다 "동생에게 수학을 가르쳐 줬어요."

가리키다 "손가락으로 학교를 가리켰어요."

비슷하지만 다른 두 낱말을 비교해 보세요.

2장
맞
춤
법

낫다

VS

낳다

낫다

병이나 상처가
고쳐지거나, '한 명보다
두 명이 낫다'처럼 '~보다
더 좋다'라는 뜻이에요.

낳다

'아기를 낳다'처럼
출산의 의미와 '결과를
낳다'처럼 어떤 결과를
이루는 상황을 말해요.

또박또박 낱말 쓰기

낫	다		

낳	다		

종알종알 활용 문장 읽기

낫다	"심한 감기가 다 나았어요."
낳다	"이모가 사촌 동생을 낳았어요."

81

늘리다

VS

늘이다

늘리다

물체의 넓이, 부피 등을
원래보다 크게 한다는
뜻이에요. 또 수와 능력,
시간에도 쓰여요.

늘이다

'고무줄을 늘이다'처럼
길이나 선 등을 처음보다
더 길어지게 한다는
뜻이에요.

종알종알 활용 문장 읽기

늘리다	"운동장을 더 넓게 늘려 주세요."
늘이다	"고무줄을 잡아당겨서 늘여요."

반드시
VS
반듯이

반드시

'틀림없이, 꼭'이라는 뜻으로, 어떤 어려움이 있더라도 무언가를 해야 할 때 쓰는 말이에요.

반듯이

'비뚤지 않고 바르게'라는 뜻으로, 물체나 생각, 행동이 비뚤어지지 않고 곧고 바른 상태를 말해요.

종알종알 활용 문장 읽기

반드시	"약속은 반드시 지켜야 해요."
반듯이	"의자에 앉을 때는 반듯이 앉아요."

다르다

VS

틀리다

다르다

비교되는 두 대상이
서로 같지 않다는
뜻이에요. '다르다'의
반대말은 '같다'지요.

틀리다

셈이나 사실이 맞지
않을 때 쓰는 말이에요.
'틀리다'의 반대말은
'맞다' 또는 '옳다'지요.

또박또박 낱말 쓰기

다르다

틀리다

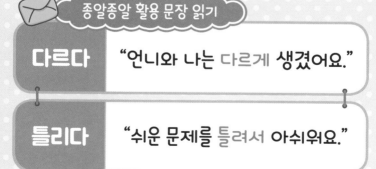

종알종알 활용 문장 읽기

다르다 "언니와 나는 다르게 생겼어요."

틀리다 "쉬운 문제를 틀려서 아쉬워요."

~던지

VS

~든지

2장
맞
춤
법

~던지

지난 일을 생각하면서,
그 일이 상황을 일으킨
원인이라고 추측할 때
써요.

~든지

둘 이상에서 어떤 것이
선택되어도 상관없거나
어느 것이든 선택될 수
있을 때 써요.

~던지	"지난주에 얼마나 춥던지 물이 꽁꽁 얼었어요."
~든지	"밥이든지 빵이든지 다 좋아요."

햇빛

VS

햇볕

햇빛

눈으로 볼 수 있는 해의
빛을 말해요. 밝고 어두운
것을 의미하는 '빛'은
눈으로 보는 거예요.

햇볕

해가 내리쬐는 따뜻한
기운을 말해요.
'볕'은 기운으로 우리가
느낄 수 있는 거예요.

| 햇빛 | "햇빛이 밝게 비쳐서
온 세상이 환해요." |
| 햇볕 | "햇볕이 뜨거운 날에는
모자를 꼭 써요." |

2장
맞춤법

맞추다

VS

맞히다

맞추다

'퍼즐을 맞추다'처럼
제자리에 맞게 붙이거나,
서로 다른 것을 나란히
놓고 비교한다는 뜻이에요.

맞히다

'정답을 맞히다'처럼
문제의 답을 맞게 하거나,
물체를 던져 다른 물체에
닿게 한다는 뜻이에요.

또박또박 낱말 쓰기

종알종알 활용 문장 읽기

맞추다	"내 답을 정답과 맞춰 봤어요."
맞히다	"공을 던져서 인형을 맞혔어요."

93

메다

매다

메다

'가방을 메다'처럼 어깨에 걸치거나 올려놓는 것을 말해요. 책임을 지거나 임무를 맡을 때도 쓰지요.

매다

'신발 끈을 매다'처럼 끈이나 줄을 잡아당겨서 풀어지지 않게 묶는 것을 말해요.

또박또박 낱말 쓰기

메다

메다

종알종알 활용 문장 읽기

| 메다 | "가방을 메고 학교에 갔어요." |
| 매다 | "아빠가 멋진 넥타이를 매고 있어요." |

봉우리

VS

봉오리

봉우리

산에서 뾰족하게 높이
솟은 부분을 말해요.
'산봉우리', '봉수'와 같은
말이지요.

봉오리

꽃망울만 맺히고 아직
피지 않은 꽃을 말해요.
'꽃봉오리'와 같은
말이지요.

또박또박 낱말 쓰기

 종알종알 활용 문장 읽기

봉우리	"산에서 제일 높은 봉우리에 올랐어요."
봉오리	"나무에 예쁜 봉오리가 생겼어요."

빗다

VS

빚다

빗다

머리카락을 빗으로
가지런히 하는 것을
말해요. '빗어, 빗으니,
빗는' 등으로 활용하지요.

빚다

가루를 반죽해 만두, 송편
등을 만드는 것을 말해요.
흙을 반죽해 도자기를
만들 때도 쓰지요.

또박또박 낱말 쓰기

빗다

빗다

종알종알 활용 문장 읽기

| 빗다 | "외출할 때 머리를 단정하게 빗어요." |
| 빗다 | "추석에는 맛있는 송편을 빚어요." |

99

부치다

VS

붙이다

2장
맞
춤
법

부치다

편지나 물건을
다른 사람에게 보낸다는
뜻이에요. 또 프라이팬에
음식을 익힐 때도 써요.

붙이다

'봉투에 우표를 붙이다'처럼
맞닿아 떨어지지 않게
하거나 불을 일으켜
타게 한다는 뜻이에요.

부치다

붙이다

 종알종알 활용 문장 읽기

부치다	"택배를 부치러 우체국에 가요."
붙이다	"편지에 멋진 우표가 붙어 있어요."

101

어떡해

VS

어떻게

2장
맞
춤
법

어떡해

'어떻게 해'가 줄어든
말로, 보통 문장 끝부분에
사용해요. 놀라거나
황당한 상황일 때 써요.

어떻게

'어떠하다'가 줄어든
'어떻다'에 '~게'가
합쳐진 말이에요. 방식,
방법을 물을 때 써요.

또박또박 낱말 쓰기

어 떡 해

어 떻 게

종알종알 활용 문장 읽기

| 어떡해 | "조용한 도서관에서 큰 소리로 말하면 어떡해." |
| 어떻게 | "문제를 어떻게 풀어야 하는지 알려 주세요." |

103

집다

VS

짚다

집다

손가락이나 발가락 또는 기구로 물건을 잡아서 드는 것을 말해요. '집어, 집으니, 집는' 등으로 활용하지요.

짚다

바닥이나 벽, 지팡이 등에 몸을 의지하거나, 손으로 이마나 머리를 가볍게 누를 때 써요.

종알종알 활용 문장 읽기

집다	"연필을 집어 필통에 넣어요."
짚다	"할아버지는 지팡이를 짚고 다니세요."

째

VS

채

째

'뿌리째, 통째'처럼
있는 그대로 또는 전부를
뜻해요. 앞에 오는 낱말과
붙여서 사용하지요.

채

'옷을 입은 채,
고개를 숙인 채'처럼
이미 있는 상태 그대로를
표현할 때 써요.

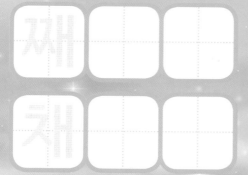

종알종알 활용 문장 읽기

째	"엄마는 토마토를 껍질째 드세요."
채	"동생이 의자에 기댄 채 잠들었어요."

2장 맞춤법

한참

VS

한창

한참

시간이 상당히 지나는
동안이라는 뜻이에요.
비슷한 말로 '오랫동안,
한동안'이 있지요.

한창

어떤 일이 가장 왕성하게
일어나거나 무르익었을
때를 말해요. 비슷한 말로
'절정기'가 있지요.

한 참

한 창

한참	"친구가 약속에 늦어서 한참을 기다렸어요."
한창	"요즘 벚꽃이 한창이에요."

섞다

vs

썩다

2장
맞
춤
법

섞다

'밀가루에 달걀을 섞다'처럼 두 가지 이상의 것을 한곳에 합치는 것을 말해요.

썩다

'고기가 썩다'처럼 세균 때문에 음식물에서 나쁜 냄새가 나고 형체가 뭉개지는 것을 말해요.

또박또박 낱말 쓰기

종알종알 활용 문장 읽기

섞다	"밀가루와 달걀, 버터 등을 섞어서 쿠키를 만들었어요."
썩다	"여름에는 음식이 썩기 쉬우니 조심해야 해요."

비슷하지만 다른 두 낱말을 비교해 보세요.

넘어

vs

너머

넘어

'넘다'의 활용으로, 경계를 벗어나거나 지나는 것을 말해요. 어려운 고비를 지난다는 뜻으로도 쓰지요.

너머

가로막은 사물의 건너편을 말해요. '산 너머에 있는 학교'는 산 뒤쪽에 있는 학교를 가리켜요.

✏️ 또박또박 낱말 쓰기

넘어

너머

✉️ 종알종알 활용 문장 읽기

넘어	"야구선수가 친 공이 담장을 넘어 날아갔어요."
너머	"창문 너머에서 노랫소리가 들려요."

작다

VS

적다

작다

길이와 부피, 넓이 등이
보통보다 덜하다는
뜻이에요. '작다'의
반대말은 '크다'지요.

적다

수나 분량, 정도가 일정한
기준보다 덜하다는
뜻이에요. '적다'의
반대말은 '많다'지요.

작다

적다

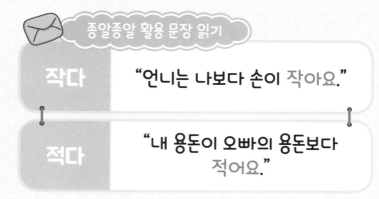

작다	"언니는 나보다 손이 작아요."
적다	"내 용돈이 오빠의 용돈보다 적어요."

115

비슷하지만 다른 두 낱말을 비교해 보세요.

주의

VS

주위

2장 맞춤법

주의

마음에 새겨 두고
조심하거나, 어떤
한 곳이나 일에 관심을
집중하는 것을 뜻해요.

주위

어떤 사물이나 사람을
둘러싸고 있는 것을
말해요. 비슷한 말로
'근처, 가장자리'가 있어요.

116

또박또박 낱말 쓰기

주의

주의

종알종알 활용 문장 읽기

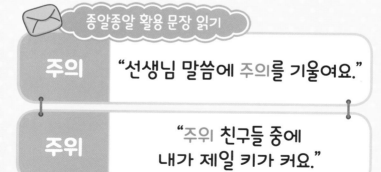

| 주의 | "선생님 말씀에 주의를 기울여요." |
| 주위 | "주위 친구들 중에 내가 제일 키가 커요." |

비슷하지만 다른 두 낱말을 비교해 보세요.

업다

엎다

업다

'아기를 등에 업다'처럼 사람이나 동물 등을 부여잡고 등에 붙어 있게 하는 것을 말해요.

엎다

물건을 거꾸로 돌려 위가 아래를 향하게 하는 것을 말해요. 그릇을 넘어뜨려 쏟았을 때도 쓰지요.

118

또박또박 낱말 쓰기

엄마

업다

종알종알 활용 문장 읽기

| 업다 | "엄마가 동생을 업고 있어요." |
| 엎다 | "설거지한 그릇을 엎어서 말렸어요." |

119

절이다

vs

저리다

절이다

배추나 생선 등을
소금이나 식초, 설탕 등에
담가서 속까지 간이
배게 한다는 말이에요.

저리다

몸의 일부분이 오랫동안
눌려 있어서 감각이
둔하거나 쑤신다는
말이에요.

종알종알 활용 문장 읽기

절이다	"배추를 소금에 절여요."
저리다	"바닥에 오래 앉아 있으면 다리가 저려요."

새다

VS

세다

새다

'찢어진 우산 사이로
비가 새다'처럼 구멍
사이로 기체나 액체가
빠져나간다는 뜻이에요.

세다

'꽃의 개수를 세다'처럼
사물의 수를 세거나
'기운이 세다'처럼
힘이 많다는 뜻이에요.

또박또박 낱말 쓰기

새다

세다

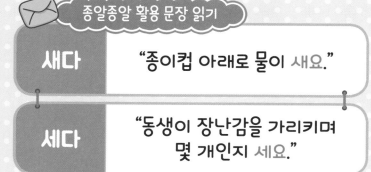

종알종알 활용 문장 읽기

| 새다 | "종이컵 아래로 물이 새요." |
| 세다 | "동생이 장난감을 가리키며 몇 개인지 세요." |

123

비슷하지만 다른 두 낱말을 비교해 보세요.

피다

VS

펴다

2장
맞
춤
법

피다

'봄이 오자 꽃이 활짝 피다'처럼 꽃봉오리나 나무 등이 벌어진다는 뜻이에요.

펴다

'우산을 펴다'처럼 접힌 것을 젖혀 벌리거나 굽은 것을 곧게 한다는 뜻이에요.

피 다

펴 다

피다	"길가에 벚꽃이 활짝 피었어요."
펴다	"독수리가 날개를 펴고 날아갔어요."

125

2장 맞춤법

비치다

'어둠 사이로 밝은 달빛이 비치다'처럼 빛이 나서 주변이 밝게 되거나 빛을 받아 모양이 보이는 것을 말해요.

비추다

'손전등의 빛이 어두운 거리를 밝게 비추다'처럼 스스로 빛을 내는 대상이 다른 대상에 빛을 보내어 밝게 만드는 것을 말해요.

낮

해가 뜰 때부터 다시
질 때까지 시간의 길이를
말해요. '낮'의 반대말은
해가 져 어두워지는
'밤'이에요.

낯

'낯을 깨끗이 씻다'처럼
눈, 코, 입이 있는 얼굴의
바닥을 말해요.
남을 대하는 체면을 뜻하기도
하지요.

올바른 맞춤법 찾기 놀이터

문장에 알맞은 맞춤법을 찾아 동그라미 해 보세요!

바닥에 버려진
바나나 (**껍질** / **껍데기**)을
주워서 쓰레기통에 버렸어요.

이번에는
(**반듯이** / **반드시**)
맞춤법 공부를 열심히 할 거예요.

주말에 부모님과
산(**봉우리** / **봉오리**)에
올라가기로 약속했어요.

선생님이 어려운 국어 문제를
(어떡해 / 어떻게) 풀어야
하는지 친절하게 알려 주셨어요.

바닥에 떨어트린 지우개를
친구가 **(집어서 / 짚어서)**
나에게 건네 주었어요.

횡단보도에서는 차가 오지 않는지
(주의 / 주위)하면서
건너야 해요.

*정답은 235쪽에!

집안

집 안

못되다

못 되다

안되다

안 되다

한번

한 번

3장

룰루랄라
의미가 달라지는
띄어쓰기

한걸음
│
한 걸음

큰소리
│
큰 소리

집안

vs

집✓안

집안

피를 나눈 사이이거나
한 집에서 가족이 되어
생활하는 사람들을
가리켜요.

집✓안

'집'과 '안'을 띄어 쓰면
집의 내부를 뜻해요.
'집 안이 좁다, 집 안이
깨끗하다'처럼 쓰지요.

또박또박 낱말 쓰기

집안		

집	✔	안

종알종알 활용 문장 읽기

집안	"설날에 집안 식구가 모두 모였어요."
집✔안	"집 안에 있는 어항은 아빠의 보물이에요."

의미가 달라지는 두 낱말을 비교해 보세요.

일대일

VS

일✓대✓일

일대일

양쪽이 같은 비율이라는
뜻이에요. 그리고
한 사람이 다른 한 사람을
상대할 때도 써요.

일✓대✓일

'일 대 일 무승부로
끝났다'처럼 경기의 점수,
사물의 대립을 나타낼 때
'대'를 띄어 써요.

일 대 일

일 ∨ 대 ∨ 일

종알종알 활용 문장 읽기

일대일	"설탕과 물을 일대일로 섞었어요."
일∨대∨일	"축구 경기는 일 대 일로 비겼어요."

가는데

가는∨데

가는데

'길을 가는데, 학교를 가는데'처럼 '~는데'가 앞말과 함께 쓰일 때는 붙여 써요.

가는∨데

'바늘 가는 데 실 간다'처럼 '데'가 '곳'이나 '장소'를 나타낼 때는 앞말과 띄어 써요.

가는데	"길을 가는데 꽃이 많아요."
가는√데	"우리가 지금 가는 데가 어디예요?"

137

의미가 달라지는 두 낱말을 비교해 보세요.

못되다

VS

못 ✓ 되다

못되다

'못되게 굴다'처럼 성격이나 행동이 좋지 않거나, 일이 뜻대로 되지 않은 상태일 때 써요.

못 ✓ 되다

'못'이 부정의 뜻을 나타내는 말이기 때문에, '못 되다'는 '되지 못하다'라는 뜻이에요.

138

또박또박 낱말 쓰기

못	되	다

못	✓	되	다

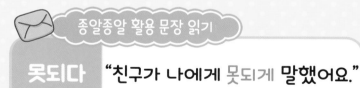

종알종알 활용 문장 읽기

못되다 "친구가 나에게 못되게 말했어요."

못 ✓ 되다 "그는 국가대표가 못 되었어요."

139

의미가 달라지는 두 낱말을 비교해 보세요.

3장
띄어쓰기

안되다

VS

안✓되다

안되다

일이나 물건 등이 좋게 이루어지지 않았다는 뜻이에요. '안 되다'의 반대말은 '잘되다'예요.

안 되다

'되다'의 부정 표현으로, 아예 되지 않는다는 것을 나타낼 때 '안 되다'로 띄어 써요.

또박또박 낱말 쓰기

안되다

안 ✓ 되다

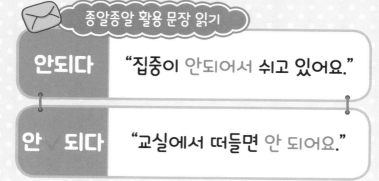

종알종알 활용 문장 읽기

안되다 "집중이 안되어서 쉬고 있어요."

안 ✓ 되다 "교실에서 떠들면 안 되어요."

141

의미가 달라지는 두 낱말을 비교해 보세요.

이중

VS

이✓중

이중

두 겹 또는 두 번씩
거듭되거나 겹친다는
뜻이에요.
'이중 창문'처럼 쓰지요.

이✓중

앞에서 이야기한 대상,
범위를 말해요. '이'는
가리키는 말, '중'은 여럿의
가운데라는 뜻이지요.

| 이중 | "틀린 문제가 있는지
이중으로 확인했어요." |
| 이✓중 | "다양한 과일이 있는데,
이 중에서 수박을 골랐어요." |

잘살다

VS

잘✓살다

잘살다

'돈 걱정하지 않고
잘살다'처럼 재물이
넉넉해 부유하게 산다는
뜻이에요.

잘✓살다

아무런 사고나 문제 없이
편하게 잘 지낸다는 뜻을
나타낼 때는 '잘 살다'로
띄어 써요.

잘	살	다

잘	✓	살	다

 종알종알 활용 문장 읽기

잘살다	"돈을 많이 모아서 잘살고 싶어요."
잘✓살다	"전학 간 친구가 잘 사는지 궁금해요."

145

한번

VS

한✓번

한번

'한번 해 보다'처럼
어떤 일을 시도하거나
기회, 강조의 뜻을
나타낼 때 써요.

한✓번

차례나 횟수를 나타낼
때는 '한 번, 두 번,
세 번'처럼 모두
띄어 써요.

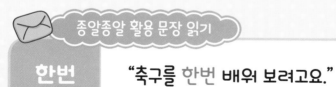

한번	"축구를 한번 배워 보려고요."
한 ✓ 번	"하루에 한 번 비타민을 먹어요."

빨아먹다

VS

빨아✓먹다

빨아먹다

다른 사람의 돈이나 물건 등을 빼앗아 자신의 것으로 만든다는 말로, 비유적인 표현이에요.

빨아✓먹다

'모기가 피를 빨아 먹다'처럼 입속으로 당기거나, 혀로 핥아 먹을 때 띄어 써요.

빨아먹다	"남을 속여 빨아먹는 건 나쁜 행동이에요."
빨아 ∨ 먹다	"사탕을 빨아 먹었어요."

3장 띄어쓰기

큰집

VS

큰✓집

큰집

집안의 첫째가 사는 집을 '큰집'이라고 해요. 명절에는 큰집에 모여 차례를 지내지요.

큰✓집

크기가 작지 않고 커다란 집이라는 뜻으로, 집의 크기를 의미할 때는 띄어 써요.

큰집

큰 ✓ 집

| 큰집 | "추석에 큰집에 갔어요." |
| 큰✓집 | "동네의 큰 집은 담장도 높아요." |

의미가 달라지는 두 낱말을 비교해 보세요.

3장
띄어쓰기

쥐꼬리

VS

쥐✓꼬리

쥐꼬리

'쥐꼬리만큼 적은 돈'처럼
어떤 물건이나 마음 등이
매우 적은 것을 비유적으로
표현하는 말이에요.

쥐✓꼬리

쥐의 꼬리를 말해요.
쥐는 큰 식량을 옮길 때
가늘고 긴 꼬리로 말아서
옮긴다고 해요.

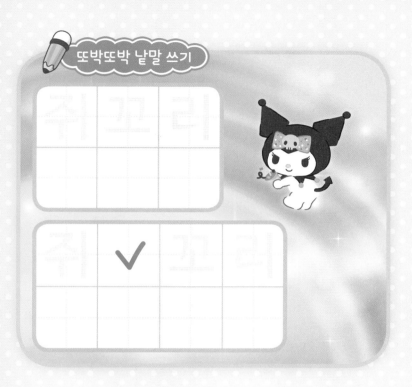

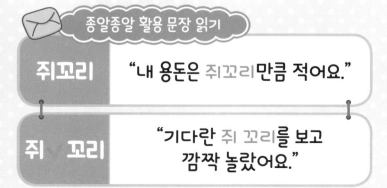

종알종알 활용 문장 읽기

| 쥐꼬리 | "내 용돈은 쥐꼬리만큼 적어요." |
| 쥐 ∨ 꼬리 | "기다란 쥐 꼬리를 보고 깜짝 놀랐어요." |

큰소리

VS

큰✓소리

3장
띄어쓰기

큰소리

'큰'과 '소리'가 합쳐져
만들어진 낱말로,
목청을 높여 야단치는
소리를 뜻해요.

큰✓소리

소리가 엄청 크다는
뜻으로, '큰 소리로 떠들다,
큰 소리로 웃다'처럼
쓰지요.

또박또박 낱말 쓰기

큰소리

큰 ✓ 소리

종알종알 활용 문장 읽기

큰소리	"아저씨가 큰소리로 화를 냈어요."
큰✓소리	"친구들과 함께 큰 소리로 떠들었어요."

155

한걸음

VS

한✓걸음

3장
띄어쓰기

한걸음

쉬지 않고 계속해서 걷는 걸음이나 움직임을 말해요. '한걸음에'처럼 쓰지요.

한✓걸음

'한 걸음, 두 걸음'처럼 실제로 걷는 횟수를 나타낼 때는 낱말을 붙이지 않고 띄어 써요.

한 걸 음

한 ✓ 걸 음

한걸음	"시험지를 들고 한걸음에 집으로 달려갔어요."
한✓걸음	"동생의 손을 잡고 한 걸음씩 천천히 걸어요."

157

3장
띄어쓰기

한잔

한∨잔

한잔

'우유를 한잔 마시다'처럼
간단하게 한 차례
마시는 차 등의 음료를
말해요.

한∨잔

'한 잔, 두 잔'처럼 횟수를
나타낼 때 띄어 써요.
손에 한 잔을 들고 있는
것이지요.

또박또박 낱말 쓰기

한 잔

한 ✓ 잔

종알종알 활용 문장 읽기

한잔	"친구와 코코아를 한잔 마시기로 했어요."
한✓잔	"딸기 라테 한 잔 주세요."

말아먹다

VS

말아 ✓ 먹다

3장
띄어쓰기

말아먹다

가지고 있는 돈 등을
모두 잃었다는 뜻이에요.
'전 재산을 말아먹다'처럼
쓰지요.

말아 ✓ 먹다

밥이나 국수 등을 물이나
국물에 넣어 먹는다는
뜻이에요. '국에 밥을
말아 먹다'처럼 써요.

또박또박 낱말 쓰기

말	아	먹	다

말	아	✓	먹	다

종알종알 활용 문장 읽기

말아먹다	"열심히 모은 돈을 모두 말아먹었어요."
말아 ✓ 먹다	"미역국에 밥을 말아 먹어요."

161

의미가 달라지는 두 낱말을 비교해 보세요.

큰절

VS

큰✓절

큰절

앉으면서 허리를 굽히고
머리를 숙이는 절이에요.
세배할 때 웃어른에게
큰절을 하지요.

큰✓절

커다란 절을 말해요.
절은 불교의 건물로,
스님들은 절에서 부처님의
가르침을 공부해요.

| 큰절 | "설날에 할아버지, 할머니께 큰절을 해요." |
| 큰✓절 | "산속에 있는 큰 절에 갔어요." |

의미가 달라지는 두 낱말을 비교해 보세요.

따먹다

VS

따✓먹다

3장
띄어쓰기

따먹다

바둑, 카드 등의 놀이에서
이겨 상대의 돈이나
물건 등을 자기 것으로
만들었다는 뜻이에요.

따 ✓ 먹다

'나무에 달린 사과를 따
먹다'처럼 매달려 있는
과일, 열매 등을 따서
먹는다는 뜻이에요.

164

또박또박 낱말 쓰기

종알종알 활용 문장 읽기

따먹다	"한나는 구슬치기에서 이겨 친구들의 구슬을 따먹었어요."
따 ✓ 먹다	"빨갛게 익은 산딸기를 따 먹었어요."

165

뱃속

VS

배√속

뱃속

사람이 원래 가진 성질을
'마음'이라고 해요.
'뱃속'은 '마음'을 나쁘게
부르는 말이에요.

배√속

사람이나 동물의
배 안쪽 부분인 '배의 속'을
말할 때는 '배 속'이라고
써야 해요.

✉️ 종알종알 활용 문장 읽기

뱃속	"저 사람은 뱃속이 시커메요."
배✓속	"이모 배 속에 아기가 있어요."

밖에

VS

✓ 밖에

밖에

'그것 말고는'이나
'그것 이외에는'이라는
뜻으로, 주로 부정적인 말과
함께 써요.

✓밖에

'바깥'을 뜻하는 '밖'에
'~에'가 합쳐진 말이에요.
'문 밖에 새가 있다'처럼
낱말과 띄어 써요.

| 밖에 | "내 마음을 알아주는 사람은
우리 언니밖에 없어요." |
| ✓밖에 | "집 밖에 아름다운 공원이 있어요." |

의미가 달라지는 두 낱말을 비교해 보세요.

못하다

VS

못✓하다

3장 띄어쓰기

못하다

어떤 일을 할 능력이
없다는 뜻이에요.
'못하다'의 반대말은
'잘하다'랍니다.

못✓하다

어떤 일을 하려고 했지만,
환경이나 상태 등의
이유로 아예 할 수 없을 때
'못 하다'라고 띄어 써요.

170

또박또박 낱말 쓰기

못하다

못 ✓ 하다

종알종알 활용 문장 읽기

| 못하다 | "우리 오빠는 노래를 잘 못해요." |
| 못 ✓ 하다 | "시간이 부족해서 숙제를 못 했어요." |

171

함께하다

VS

함께✓하다

함께하다

'평생을 함께할 친구를
만났다'처럼 경험이나
생활 등 *추상적인 행동을
더불어 하는 것을 말해요.

함께✓하다

'친구와 함께 게임을
했다'처럼 구체적인
행동을 한꺼번에 더불어
하는 것을 말해요.

*추상적: 직접 경험하거나 깨달을 수 있는 일정한 형태와 성질을
갖추고 있지 않은 것.

172

또박또박 낱말 쓰기

함 께 하 다

함 께 ✔ 하 다

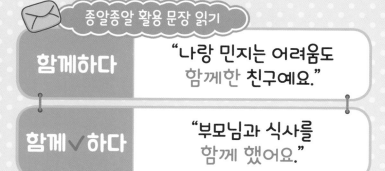

종알종알 활용 문장 읽기

함께하다	"나랑 민지는 어려움도 함께한 친구예요."
함께 ✔ 하다	"부모님과 식사를 함께 했어요."

의미가 달라지는 두 낱말을 비교해 보세요.

님

VS

✓님

님

'사장님'처럼 직위나
신분을 부를 때, '해님'처럼
사람이 아닌 것을
사람처럼 부를 때 붙여 써요.

✓님

사람을 높여 부를 때,
그 사람의 성이나 이름
뒤에 '님'을 붙여요. 이때
성이나 이름과 띄어 써요.

님	"선생님은 친절하게 웃어 주세요."
✓님	"병원에서 나를 '유리 님'이라고 불렀어요."

다음날

VS

다음∨날

다음날

'다음날에 만나면 꼭 여행을 가자!'처럼 날짜가 정해지지 않은 미래의 어떤 날을 뜻해요.

다음 날

'다음 날 일찍 일어나야 해!'처럼 정해진 어떤 날의 그다음 날을 나타낼 때는 띄어 써요.

또박또박 낱말 쓰기

다음날

다음 ✓ 날

종알종알 활용 문장 읽기

다음날
"전학을 간 친구와 다음날 꼭
다시 만나자고 약속했어요."

다음 ✓ 날
"동생이랑 싸운 다음 날,
내가 먼저 사과했어요."

177

눈부시다

VS

눈✓부시다

3장
띄어쓰기

눈부시다

빛이 아주 아름답고
화려하거나, 누군가의
활약(활발한 활동)이
뛰어나다는 뜻이에요.

눈✓부시다

빛이나 색이 강렬해서
마주 보기가 어렵다는
뜻으로, '눈'과 '부시다'를
띄어 써요.

눈부시다

눈 ✓ 부시다

눈부시다	"친구의 얼굴이 눈부시게 예뻐요."
눈✓부시다	"햇빛이 너무 환해서 눈 부셔요."

갉아먹다

VS

갉아 ✔ 먹다

3장 띄어쓰기

갉아먹다

남의 재산을 옳지 못한 방법으로 빼앗아 가거나, 사물이나 시간을 조금씩 써서 없앤다는 뜻이에요.

갉아 ✔ 먹다

'갉다'는 날카로운 끝으로 무언가를 문지르는 것으로, '토끼가 상추를 갉아 먹다'처럼 띄어 쓰지요.

갉	아	먹	다

갉	아	✓	먹	다

종알종알 활용 문장 읽기

갉아먹다	"남의 시간을 갉아먹는 것은 잘못된 행동이에요."
갉아✓먹다	"다람쥐가 도토리를 갉아 먹어요."

큰코다치다

뜻밖이거나 창피한 일을 당한다는 말로, '함부로 까불다가 큰코다치다'처럼 쓰지요.

큰∨코∨다치다

문장에서 '크기가 커다란 코에 상처가 났다'라는 뜻으로 사용할 때는 각각 띄어 써요.

우는소리

엄살을 부리면서 곤란한 사정을 늘어놓는 말을 뜻해요. '그 사람은 늘 우는소리만 한다'처럼 써요.

우는∨소리

눈물을 흘리면서 소리를 낸다는 뜻이에요. '늑대가 우는 소리'처럼 동물이 소리를 낼 때 쓴답니다.

미로 놀이터

쿠로미와 폼폼푸린이 미로에 갇혔어요. 빠져나오도록 도와주세요!

출발 ↑   ↓ 도착

출발

도착

*정답은 235쪽에!

멜론
메론

주스
쥬스

케첩
케찹

카페
까페

4장

궁금궁금
천천히 알아 가는
*외래어

돈가스
┊
돈까스

로봇
┊
로보트

*외래어는 다른 나라에서 들어온 말이
우리말에서 널리 쓰이는 단어예요.

멜론 ⭕

메론 ❌

또박또박 낱말 쓰기

어휘력 쑥쑥! 올바른 외래어

멜론은 박과의 식물로,
달고 시원한 맛이 나는
과일이에요. 서양의 참외로
불리기도 해요.

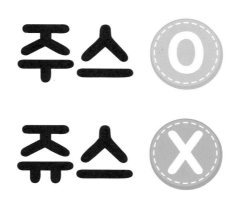

주스 O
쥬스 X

 또박또박 낱말 쓰기

 어휘력 쑥쑥! 올바른 외래어

주스는 과일이나 야채를
짜서 나온 즙을 말해요.
'쥬스'와 발음이 비슷하지만
'주스'로 써야 해요.

사인 ⭕
싸인 ❌

 또박또박 낱말 쓰기

사인

📝 어휘력 쑥쑥! 올바른 외래어

사인은 자기만의 방법으로
자신의 이름을 적는 것을
말해요. 개인의 특징이
담겨 있지요.

카페 ⭕
까페 ❌

✏️ 또박또박 낱말 쓰기

📝 어휘력 쑥쑥! 올바른 외래어

카페에서는 커피나 음료, 디저트를 팔아요. 사람들은 카페에서 친구, 가족들과 즐거운 시간을 보내요.

돈가스 ⭕

돈까스 ❌

 또박또박 낱말 쓰기

돈	가	스

 어휘력 쑥쑥! 올바른 외래어

돈가스는 빵가루를 묻힌
돼지고기를 기름에 튀긴
요리예요. 일본식 요리인
'돈카츠'를 가리키지요.

192

로봇 ⓞ

로보트 ⊗

✏️ 또박또박 낱말 쓰기

📔 어휘력 쑥쑥! 올바른 외래어

로봇은 자동으로 작업하는 기계 장치로, 그중에는 사람과 비슷한 모양을 한 것들도 있어요.

4장
외래어

리모컨 O

리모콘 X

✏️ 또박또박 낱말 쓰기

리모컨

📓 어휘력 쑥쑥! 올바른 외래어

리모컨은 떨어져 있는 기기를
켜고 끌 수 있는 장치예요.
에어컨, 텔레비전 등에
리모컨이 있지요.

소시지 O
소세지 X

또박또박 낱말 쓰기

어휘력 쑥쑥! 올바른 외래어

소시지는 으깬 고기를
길쭉한 모양으로 만든
음식이에요. 어른과 아이
모두 좋아하지요.

4장
외래어

도넛 O

도너츠 X

또박또박 낱말 쓰기

도 넛

 어휘력 쑥쑥! 올바른 외래어

도넛은 밀가루에 설탕, 달걀 등을 넣고 반죽해 튀긴 과자로, 가운데가 뚫린 동그란 모양이에요.

초콜릿 ⭕

초콜렛 ❌

✏️ 또박또박 낱말 쓰기

📔 어휘력 쑥쑥! 올바른 외래어

카카오 열매의 씨로 만드는 초콜릿은 부드럽고 달콤한 맛이에요. 먹은 뒤 양치를 꼭 해야 한답니다.

컬러 ⭕

칼라 ❌

 또박또박 낱말 쓰기

컬 러

어휘력 쑥쑥! 올바른 외래어

컬러는 빨강, 파랑, 노랑,
초록처럼 색깔을 뜻해요.
칼라는 옷깃을 가리키는
말로, 전혀 다른 뜻이에요.

커튼 ⓞ
커텐 ⓧ

✏️ 또박또박 낱말 쓰기

📒 어휘력 쑥쑥! 올바른 외래어

커튼은 창문이나 문에 다는
천이에요. 빛을 조절하고,
바람과 소음을 막는 효과가
있지요.

4장
외래어

케이크 O

케익 X

✏️ **또박또박 낱말 쓰기**

케이크

📓 **어휘력 쑥쑥! 올바른 외래어**

사람들은 축하할 일이
있을 때 케이크를 먹어요.
케이크는 밀가루, 달걀,
버터 등의 재료로 만들어요.

케첩 O
케챱 X

✏️ 또박또박 낱말 쓰기

📝 어휘력 쑥쑥! 올바른 외래어

케첩은 토마토에 식초,
설탕 등을 넣고 끓여 만든
소스예요. 감자튀김과
함께 먹지요.

파이팅 O
화이팅 X

 또박또박 낱말 쓰기

 어휘력 쑥쑥! 올바른 외래어

파 이 팅

운동선수들이 경기를
잘하자는 뜻으로 파이팅을
외쳐요. 사람들이 응원할 때
외치기도 하지요.

슈림프 ⓞ
쉬림프 ⓧ

✏️ 또박또박 낱말 쓰기

슈		림		프	

📓 어휘력 쑥쑥! 올바른 외래어

새우를 뜻하는 올바른
외래어는 '슈림프'예요.
'슈림프 피자, 슈림프
파스타'처럼 써야 하지요.

소파 ⭕

쇼파 ❌

4장
외래어

✏️ 또박또박 낱말 쓰기

📝 어휘력 쑥쑥! 올바른 외래어

소파는 등받이와 팔걸이가
있는 길고 푹신한 의자를
말해요. '거실 소파, 가죽
소파'로 쓰지요.

204

헷갈리기 쉬운 두 낱말을 비교해 보세요.

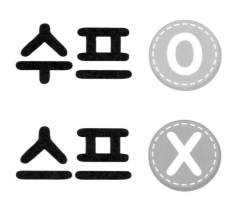

수프 O

스프 X

✏️ 또박또박 낱말 쓰기

📝 어휘력 쑥쑥! 올바른 외래어

수프는 고기나 야채 등을
삶아 만든 즙에 소금, 후추를
넣은 요리로, 서양 요리를
먹을 때 가장 먼저 나와요.

액세서리 ◎
악세사리 ⓧ

액세서리는 목걸이,
팔찌, 시계처럼 옷을
차려입을 때 조화롭게
꾸며 주는 장식품이에요.

스펀지 ◎
스폰지 ⓧ

스펀지는 물기를
잘 빨아들이고 거품이
풍성하게 나서 물건을
닦을 때 많이 사용해요.

프라이팬  **O**

후라이팬 ❌

사람들은 소시지를 굽거나 달걀 프라이 등 다양한 요리를 할 때 넓적한 프라이팬을 사용해요.

캐러멜 **O**

카라멜 ❌

설탕, 우유 등을 색깔이 변할 때까지 졸여 쫀득쫀득해진 사탕을 캐러멜이라고 해요.

올바른 외래어 찾기 놀이터

문장에 맞는 외래어를 찾아 동그라미 하고 정답을 괄호 안에 써 보세요.

동생과 맛있는 옥수수 (   )를 먹었어요.

스프   수프

스푸

엄마가 신선한 과일 (   )를 만들어 주셨어요.

주수   주스

쥬스

생일에 커다란 (   )를 먹었어요.

케이크   케잌

케익

208

( )을 먹고 양치를 하지 않으면 이가 썩어요.

초콜릿　　**초코릿**

초콜렛

감자튀김에는 새콤한 ( )이 잘 어울려요.

캐첩　　**케찹**

케첩

보석이 박힌 ( )는 반짝반짝 빛이 나요.

악세사리　　**악새서리**

액세서리

*정답은 235쪽에!

너울

파도

마루

꼭대기

슈룹

우산

미르

용

반짝반짝
아름다운
순우리말

샛별
금성

해돋이
일출

너울

파도

✏️ **또박또박 낱말 쓰기**

📝 **어휘력 쑥쑥! 아름다운 순우리말**

파도(波濤)는 바다에 이는
물결이라는 뜻이에요.
너울은 파도의 순우리말로,
바다의 크고 사나운
물결이라는 뜻이지요.

마루

꼭대기

또박또박 낱말 쓰기

어휘력 쑥쑥! 아름다운 순우리말

꼭대기는 사물의
맨 위쪽이에요. 마루는
꼭대기의 순우리말이지요.
지붕이나 산 등의 꼭대기,
일이 한창인 고비를 뜻해요.

슈룹

우산

5장
순우리말

✏️ 또박또박 낱말 쓰기

슈룹

📓 어휘력 쑥쑥! 아름다운 순우리말

우산(雨傘)은 비 올 때 쓰는
물건이에요. 슈룹은 우산의
순우리말로, 〈훈민정음〉에
'비 가리개'라는 뜻으로
사용했어요.

미르

용

또박또박 낱말 쓰기

어휘력 쑥쑥! 아름다운 순우리말

용(龍)은 호수 등에 살며
하늘을 날아다니고 바람과
구름으로 재주를 피우는
상상 속 동물이에요. 미르는
용의 순우리말이지요.

미리내

은하수

또박또박 낱말 쓰기

어휘력 쑥쑥! 아름다운 순우리말

은하수(銀河水)는 수많은
별이 강처럼 길게 퍼져
흐르는 것을 비유한 말로,
미리내는 은하수의
순우리말이에요.

꼬리별

혜성

꼬	리	별

어휘력 쑥쑥! 아름다운 순우리말

혜성(彗星)은 하늘에서
빛나는 긴 꼬리를 만들며
움직이는 작은 천체(우주의
물체)예요. 순우리말로
꼬리별이라고 부르지요.

가람

**5장
순
우
리
말**

강

✏️ 또박또박 낱말 쓰기

📝 어휘력 쑥쑥! 아름다운 순우리말

강(江)은 넓고 길게 흐르는
큰 물줄기예요.
가람은 강의 순우리말로,
자연의 아름다움을
상징하기도 해요.

나래

날개

 또박또박 낱말 쓰기

어휘력 쑥쑥! 아름다운 순우리말

나래는 날개의 순우리말로,
'상상의 나래를 펴다'처럼
자신의 감정이나 생각을
힘차게 펼친다는 뜻으로
쓰여요.

219

해돋이

일출

또박또박 낱말 쓰기

해 돋 이

어휘력 쑥쑥! 아름다운 순우리말

일출(日出)은 해가 뜨는 것을 뜻해요. 일출의 순우리말인 해돋이는 해가 막 떠오르는 때나 그런 현상을 뜻하는 말이에요.

샛별

금성

또박또박 낱말 쓰기

어휘력 쑥쑥! 아름다운 순우리말

금성(金星)은 태양과 달을
빼고 가장 밝은 별이에요.
샛별은 금성의 순우리말로,
새벽에 동쪽 하늘에서
샛별을 볼 수 있어요.

볼우물

보조개

✏️ 또박또박 낱말 쓰기

볼	우	물

📝 어휘력 쑥쑥! 아름다운 순우리말

보조개는 말하거나 웃을 때
볼에 들어가는 자국을
말해요. 볼우물은 보조개의
순우리말로, 볼에 파인
우물이라는 뜻이지요.

가온

가운데

 또박또박 낱말 쓰기

어휘력 쑥쑥! 아름다운 순우리말

가운데는 한쪽에 치우치지 않고 양 끝에서 떨어진 거리가 같은 부분을 가리켜요. 가온은 가운데의 순우리말이에요.

아름다운 순우리말을 알아보세요.

하늬바람

5장
순우리말

서풍

✏️ 또박또박 낱말 쓰기

하늬바람

📓 어휘력 쑥쑥! 아름다운 순우리말

서쪽에서 부는 바람인
서풍(西風)은 하늬바람
이라고도 불러요. 동풍은
샛바람, 남풍은 마파람,
북풍은 된바람이에요.

별똥별

유성

✏️ 또박또박 낱말 쓰기

별	똥	별

📓 어휘력 쑥쑥! 아름다운 순우리말

유성(流星)은 빛을 내며
우주에서 지구로 떨어지는
작은 물체예요.
유성을 순우리말로
별똥별이라고 불러요.

누리

세상

✏️ **또박또박 낱말 쓰기**

누	리

📝 **어휘력 쑥쑥! 아름다운 순우리말**

세상(世上)은 사람이 살고 있는 모든 사회를 가리키는 말이에요. 누리는 세상의 순우리말로, '온 누리'로 많이 쓰여요.

혜윰

생각

또박또박 낱말 쓰기

혜 윰

어휘력 쑥쑥! 아름다운 순우리말

생각은 사물을 판단하고,
어떤 사람이나 일에
대한 기억이에요.
혜윰은 생각의
순우리말이지요.

바야흐로

지금

5장
순
우
리
말

✏️ 또박또박 낱말 쓰기

 어휘력 쑥쑥! 아름다운 순우리말

바	야	흐	로

지금(只今)은 말하는
바로 이때를 말해요.
바야흐로는 이제 한창,
지금 바로라는 뜻으로
지금의 순우리말이에요.

고뿔

감기

✏️ **또박또박 낱말 쓰기**

고	뿔

📓 **어휘력 쑥쑥! 아름다운 순우리말**

고뿔은 감기(感氣)의 순우리말이에요. 코에서 불이 나는 것처럼 뜨거운 느낌이라 '고뿔(코+불)'이 되었다고 해요.

몽니

5장 순우리말

심술

✏️ 또박또박 낱말 쓰기

몽 니

📓 어휘력 쑥쑥! 아름다운 순우리말

심술(心術)은 자기 뜻대로 되지 않을 때 고집 부리는 것을 뜻해요. 몽니는 심술의 순우리말로, '몽니를 부리다'처럼 써요.

미쁘다

믿음직하다

✏️ 또박또박 낱말 쓰기

미	쁘	다

📝 어휘력 쑥쑥! 아름다운 순우리말

믿음직하다는 매우
믿을 만하다는 말이에요.
미쁘다는 믿음직하다의
순우리말로, 믿음직하고
진실하다라는 뜻이 있지요.

231

띠앗

띠앗은 형제자매의 우애를 뜻하는 순우리말이에요. '우애'는 형제나 친구 사이의 사랑과 정이지요.

윤슬

윤슬은 햇빛이나 달빛에 비쳐 반짝이는 잔물결이라는 뜻의 순우리말이에요. '잔물결'은 작게 이는 물결을 말해요.

5장
순우리말

너나들이

순우리말인 너나들이는
서로 '너', '나' 하고 부르며
매우 친하게 지내는 사이를
말해요.

꽃샘바람

꽃샘바람은 이른 봄에 꽃이
필 무렵 부는 찬바람을 뜻하는
순우리말이에요. 여기에서
'샘'은 '시샘'의 줄임말이지요.

짝꿍 찾기 놀이터

뜻이 같은 낱말을 선으로 이어 찾아 보세요.

미리내 ♥

♥ **우산**

미르 ♥

♥ **은하수**

슈룹 ♥

♥ **용**

*정답은 235쪽에!

정답

72~73쪽

128~129쪽

184~185쪽

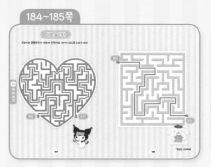

208~209쪽

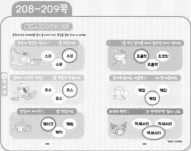

234쪽

235

찾아보기